T0391411

CUERVO EL TRAMPOSO

Calico Kid
An Imprint of Magic Wagon
abdobooks.com

por Christine Platt ilustrado por Evelt Yanait

Sobre la autora
Christine A. Platt es una autora y académica de la historia africana y afroamericana. Una querida narradora de la diáspora africana, Christine disfruta de escribir ficción histórica y no ficción para lectores de todas las edades. Se puede aprender más acerca de ella y su trabajo en www.christineaplatt.com.

Para los narradores que capturan y preservan historias--¡gracias! —CP

Para Loïc. ¡Te quiero un millón de gatitos y más! —EY

abdobooks.com

Published by Magic Wagon, a division of ABDO, PO Box 398166, Minneapolis, Minnesota 55439.

Printed in the United States of America, North Mankato, Minnesota.
102022
012023

Written by Christine Platt
Translated by Brook Helen Thompson
Illustrated by Evelt Yanait
Edited by Tyler Gieseke
Art Directed by Candice Keimig
Translation Design by Pakou Moua

Library of Congress Control Number: 2022940250

Publisher's Cataloging-in-Publication Data

Names: Platt, Christine, author. | Yanait, Evelt, illustrator.
Title: Cuervo el tramposo / by Christine Platt : illustrated by Evelt Yanait
Other title: Raven the trickster. Spanish
Description: Minneapolis, Minnesota : Magic Wagon, 2023 | Series: Cuentos folclóricos
Summary: In the Northwest Coast region of North America, people know Raven the Trickster can change his shape at will. When an old man steals all the light from the world and hides it in a special box, the people need Raven's help. Can Raven outsmart the old man?
Identifiers: ISBN 9781098235420 (lib. bdg.) | ISBN 9781098235703 (ebook)
Subjects: LCSH: Indians of North America--Folklore--Juvenile fiction. | Ravens--Juvenile fiction. | Tricksters--Juvenile fiction. | Folk literature, American--Juvenile fiction. | Folktales--Juvenile fiction. | Spanish language materials--Juvenile fiction.
Classification: DDC 398.2--dc23

Tabla de contenido

Capítulo #1
UN MUNDO OSCURO

En el Tiempo de los Comienzos, el mundo era un lugar hermoso. El sol radiante salía cada mañana para dar la bienvenida al día. La gente y los animales jugaban y trabajaban bajo sus rayos.

Por las noches, el sol se iba a dormir. La luna brillaba en el cielo negro mientras las estrellas centelleaban.

Pero un día, el mundo se encontró en la oscuridad.

Las mañanas no eran más luminosas que las noches. La luna nunca salía a brillar, y no había estrellas en absoluto. Incluso el mar estaba oscuro.

La gente y los animales del mundo estaban muy tristes. Nadie podía entender lo que pasó. Pero un jefe estaba decidido a averiguar a dónde iba la luz.

El jefe pasó muchos días buscando en su pueblo y en el bosque de los alrededores. Cuando estaba a punto de rendirse, vio una pequeña luz que salía de una casa de un anciano cerca del río.

El jefe se acercó sigilosamente a la ventana del anciano. Miraba y escuchaba atentamente.

—Voy a guardar toda la luz del mundo atrapada en estas cajas —decía el anciano—. Así, no tendré que ver todas las cosas que no quiero ver.

¡El jefe no podía creer que alguien fuera tan egoísta! Se fue a casa para crear un plan para liberar la luz.

El jefe no era el único que había oído al anciano. Cuervo el Tramposo también había estado escuchando. Y Cuervo decidió que él también devolvería la luz a un mundo de oscuridad.

Capítulo #2

EL PLAN DE CUERVO

Había muchas razones por las que Cuervo quería ayudar a los habitantes del mundo. En primer lugar, Cuervo había descubierto a las primeras personas del mundo. Se habían estado escondiendo en una concha de almeja. Cuervo las liberó y las animó a disfrutar del mundo. ¡Pero sin luz, no podían hacer eso!

En segundo lugar, Cuervo amaba a los animales. ¡Eran divertidos de mirar, y de comer! Pero Cuervo necesitaba luz para ver y cazar a los animales que amaba.

Por último, Cuervo sabía que era uno de los seres más poderosos que jamás haya existido. Podía cambiar las cosas, tanto a sí mismo como el mundo a su alrededor. Cuervo podía transformarse en algo tan grande como un oso o tan pequeño como una aguja para disfrazarse.

Mientras Cuervo pensaba en el anciano que ocultaba la luz, se rio.

—¡Cro co! ¡Ja ja! ¡Crua crua!

»Qué viejito más tonto. ¡No puedo esperar a agarrar esas cajas en mis garras!

Cuervo pensó largo y tendido en cómo entrar en la casa del anciano. Sabía que el anciano no lo dejaría entrar si llamaba a la puerta. Cuervo también sabía que si destruía la casa, podría destruir la luz atrapada dentro.

Por fin, Cuervo tuvo una idea.

—¡Ajá! Sé lo que haré. Me transformaré en algo que el anciano no puede resistir.

Cuervo estaba emocionado por comenzar. Pero primero, ¡tenía que comer!

Capítulo #3

LA PETICIÓN DEL JEFE

Mientras Cuervo se preparaba para robar la luz del mundo, el jefe también estaba planeando. Decidió contarle a la gente de su pueblo lo que había sucedido.

—Sé dónde está la luz —explicó el jefe—. Un anciano egoísta la ha robado porque no quiere ver las cosas que le preocupan.

La gente estaba confundida.

—¿No sabe que sus preocupaciones todavía existen aun si no puede verlas?

Era cierto. Y así, esa fue la primera discusión que el jefe trató de tener con el anciano. Pero el anciano se negó a devolver la luz.

Después, el jefe pidió a los hombres y mujeres más fuertes del pueblo que lo ayudaran.

—Le daré un año de comida a cualquiera que pueda abrir las cajas y liberar la luz.

Pero incluso los hombres y mujeres más fuertes no podían abrir las cajas tirando con fuerza. El anciano había encerrado cada caja dentro de otra. Sólo él podía abrirlas, usando un código secreto.

Finalmente, el jefe visitó a Cuervo para pedir ayuda.

—¡Cuervo, la gente y los animales te necesitan! ¿Puedes engañar al anciano para que abra las cajas y libere la luz?

Cuervo sonrió.

—Ya tengo un plan infalible.

Cuervo sabía que había una cosa a que ninguna persona mayor podía resistirse, un niño dulce y sonriente. Y así, Cuervo voló a la casa del anciano y se transformó en un niño pequeño.

Capítulo #4
LUZ POR FIN

Cuando el anciano vio al niño en su puerta, dijo:

—¡Hola chiquitito! Siempre he querido un nieto. ¿Serás mi nieto?

Cuervo asintió con la cabeza y sonrió. El anciano lo llevó adentro.

—Abuelo, está tan oscuro aquí —dijo Cuervo—. Apenas puedo verte.

—Sí. Estoy guardando la luz en esta caja —explicó el anciano—. Así, no tengo que ver las cosas que no quiero ver.

—¿No quieres verme? —Cuervo dio su mejor sonrisa de chiquitito.

Pero en vez de abrir la caja, el anciano encendió un fuego para ver a su nuevo nieto.

Cuervo no se rindió.

—Abuelo, ¿puedo ver la luz? —le preguntó. Una vez más, dio su mejor sonrisa de chiquitito—. ¿Por favorcito?

Como la mayoría de los mayores, el anciano no podía resistir la petición de un dulce niño.

—Está bien, pero solo esta vez.

—¡Gracias, Abuelo! —cantó Cuervo. Esperó pacientemente a que el anciano abriera las cajas cerradas.

Tan pronto como lo hizo, Cuervo se transformó de nuevo en un pájaro y tiró la caja al suelo con sus garras. Al instante, el sol escapó e iluminó el día. La luna y las estrellas siguieron.

El anciano estaba furioso. Rápidamente cerró la puerta con llave y bloqueó las ventanas, atrapando a Cuervo adentro.

Cuervo no podía pensar en una manera de escapar. Pero entonces recordó que el anciano había encendido un fuego.

—¡Cro co! ¡Ja ja! ¡Crua crua! —Cuervo se rió mientras volaba a través de un pequeño agujero de humo en el techo de la casa

El humo transformó las plumas de Cuervo en negras, y todavía lo son hasta el día de hoy. Fue un pequeño sacrificio para asegurar que el mundo tuviera toda la luz que necesitaría.